R.L.STEVENSON
WILL O' THE MILL

［新装版］

水車小屋のウィル

ロバート・ルイス・スティーヴンソン
有吉新吾 訳

西田書店

水車小屋のウィル

＊本書初版は一九九二年に小社より刊行されました。この度の復刊に際しては、明らかな誤植と思われる箇所を正し、巻末に「復刊にあたって」および新たに解説（「深い、生き生きとした夢の中で」）を付しました。（西田書店／編集部）

目次

春を待たずに逝った老妻に手向ける

訳者

平原と星

ウィルがその養父母と一緒に住んでいる水車小屋は松林と大きな山に囲まれた谷間の傾斜地にあった。そこから上の方を見上げると山また山が聳《そび》え立っていて最後には樹のない裸の山の頂が天空をかぎっていた。水車小屋から少し上ってゆくと樹木の茂った丘の中腹に細長い灰色の村がちぎれた霧の帯のように横たわっていた。そして風が水車小屋に向って吹く時には教会の鐘の音がかすかに澄んで聞えて来るのであった。

下の方を見下ろすと谷間の傾斜はますます嶮しくなり、それとともに左右の展望は大きく開けていた。そして小屋の近くの高みに登るとそこからは谷間の麓までを見渡すことが出来た。その向うには大きく拡がった平原が続き、そこでは川が日光を反射し、うねりながら町から町を縫って海に注ぎ込むのまで見ることが出来た。この谷間には峠を越えて隣の国に通ずる道路があったので、この谷間は静かで鄙《ひな》びたところではあったが、谷間の小川に沿ったこの道路は二つの有力な活気にみちた生活圏を結ぶ公道でもあった。夏の間じゅう、しょっちゅう駅馬車がこの道路をよじ上って来たり逆に上から元気よく水車小屋をかけぬけて坂道を駈け下りて行った。そして隣国からは峠までの上りが楽だったので、この道路は一方だけの通行者が多く、ウィルが目にした馬車のうち六分の五は元気に下り坂を駈け下りて行き、上って来る馬車はせいぜい六分の一にすぎなかった。その点、歩行者の場合は尚更であった。足の達者な旅行者とか珍しい商品をかついだ行商人達は、道路に沿って流れる小川の水のように、どうしても坂を下って降りる人が多かった。

それだけでなくウィルがまだ小さい子供の頃、戦争があちこちに起ったことがあって新聞は敗走と勝利の記事で一杯であったし、各地に騎馬の蹄の音がひびきわたり、しばしば数日、数マイルに亘り人々は戦争の恐怖で畑仕事を休まねばならなかった。

しかし、これらのことについてこの谷間には長い間何一つ伝わって来なかった。ところがとうとう一人の司令官がこの谷間の道路に軍隊を強行軍させて、三日の間、馬や兵士、大砲やその牽引車、太鼓や軍旗が大挙してこの小屋をすぎて谷間を降りて行った。一日中少年ウィルはその行軍を見守った——その単調な徒歩の行軍、目のふちの陽にやけた蒼白い不精髭の顔、色褪せた軍服やボロボロになった軍旗——はウィルをやるせなさや憐みや不可解な気持で一杯にした。そしてベッドに入った後も一晩中大砲のとどろきや、ふみしめる軍靴の跫音や、大きな軍団がこの小屋を通りぬけて下へ下へとなだれ下る音が耳から離れなかった。しかしその後、この谷間の誰一人としてこの遠征軍がどうなったか聞いたものはいない。それはこの谷間の住人達はこの煩わしい世の中の噂話からは圏外にあったからである。

しかしウィルは一つだけ確かに見たのである。それはこの谷を降りた人達は誰一人帰って来るものがないということである。彼等は一体何処に行ったのだろう、あの旅行者や珍しい商品を運んだ行商人達は何処に行ったのであろう。あの御者席に従者をのせた軽やかな四輪馬車の人達は何処に行ったのであろう。いつも下へ下へと流れ、しかも常に上から新しく補給されるこの小川の水は一体何処に行くのであろう。秋になると時に風ですらこの谷を吹き降り枯葉を下に運んでゆく。それは恰も生物、無生物を問わずあらゆる物の大いなる陰謀のようにすら思われた。皆はすべて下に降ってゆく、すいすいと楽しげに。そして彼ウィルだけは道端の切株のように後ろに残されるように見える。時に魚が流れに抗って頭を上に向けて登ろうとするのを見ると彼は嬉しくなる。少なくも外のものがすべて下の未知の世界に向って急いでいるのに魚だけは彼の傍に忠実に止ってくれるように思われるのである。

ある夕方、ウィルは父親に、

「川は一体どこに行くんだろう」と訊いた。

父親はこう言った。

「川はこの谷間を流れ下り数多くの水車をまわす――ここからウンターデックの町まで百二十も水車があるというんだ。しかし川は少しもへたばりはしない。川はそれから平地に入り、広い穀物畑を潤し、そして綺麗な——とみんなが言っているが——町々を通り抜けるが、そこには番兵を門に立たせた大きな宮殿の中に王様が奥深く住んでいるそうだ。それから川は町の橋の下を潜り抜けるが、橋には人の石像が飾られていて珍しそうに下を流れる川を見下ろしてほほえんでいたり、町の人達が欄干に腕をもたせて同じように川をのぞき込んだりする。それから川は更にどんどん進んで行って沼地や砂地を通り抜け最後には海に入ってしまうが、海には西インドから鸚鵡《おうむ》やタバコを運んで来る数々の船が浮んでいる。いやはや、川はうちの水車堰《せき》では楽しそうに歌をうたいながら通りすぎてゆくが、ゆく先々はなかなか大変なんだ、川よ、がんばれだ」

「海ってどんなもの？」ウィルが訊いた。

「海だって！」父親が大声で叫んだ。

「それはなあ、神様のお作りになったもので最も素晴らしいものだよ。世界中の水がそこに流れ込んで巨大な塩湖を作っているんだ。それはこの私の手の平のように表面は平たい、そして小さな子供のように無邪気だ。しかし人の話によると、風が起るとそれはこのあたりの山より大きな波の山に膨《ふく》れ上がり、うちの水車より大きい船を呑みこんでしまうし、地上数マイルも離れた所からその唸り声が聞こえるそうだ。海には雄牛の五倍も大きい魚がいるそうだし、そこに住んでいる蛇はこの我々の川よりも丈《たけ》が長く世界中の誰よりも年をとっておって、人間のような頬髯を生やしており、その頭には銀の冠をかぶっているというんだ」

ウィルはこのような話は一度も聞いたことがないと思った。そしてこの川の遙か下にある世界の危険と驚異について次から次へと質問を重ねて行った。しまいには父親自身も面白くなって、とうとう谷間と平原を見下ろす丘の頂までウィルの手をとって登った。太陽は日没に近く雲一つない空に低くかかっていた。万物は金色の光にくっきりとその姿を現わし輝いて見えた。ウィルは今までこんな広大な広がりの景色を見たことがなかった。ウィルは立ったまま眼を一杯に見開いて凝視した。

ウィルは下の町々や森や平地を見ることが出来たし、川が夕陽に輝いてうねり流れるのも見ることができた。そしてはるかその先で平原の縁《へり》が輝いている天空に接して一線を劃すのを見た。押さえがたい激情がウィルの身も心も擒《とりこ》にした。ウィルの心臓は激しく鼓動しほとんど息がつけないぐらいであった。眼前の風景はゆらゆらとゆらぎ、太陽がぐらぐらと廻ってその度ごとに変な形に変ってまたたく間に消え失せるのであった。ウィルは両手で顔を掩いはげしく泣き出した。そして哀れな父親はがっかりしながら途方に暮れてウィルを腕に抱き上げ、黙って家に運ぶしかなかった。

その日からウィルは新しい希望と憧れで胸が一杯になった。何かが彼の心の弦を引張って離さないのである。ウィルが流れゆく水の面を見つめながら下の世界のことを夢想していると流れ下る川水は彼の願いを運んでくれるようであった。一面の森の梢を吹き過ぎる風は彼に励ましの言葉を投げかけるようであった。眼の前に見える道路も曲がり角につき当ってあとは見えなくなり、早々と谷間から遠ざかり消え去って行くのであるが、それはあたかも彼をそそのかすようで苦しかった。彼は長い時間を見晴しの丘で過し、川の堰小舎や遙か下の方の肥沃な耕地を眺めやった。そして暖かな風にのり紫色の影を平地に落しながら雲が流れゆくのを見守った。また彼は道路のあたりをさまよい歩き客馬車が川辺の道をガラガラと音をたてて駈け下ってゆくのを目で追いかけた。それが何であろうと問題ではない。雲であれ客馬車であれ鳥であれ小川の濁水であれ、彼はその道路を下ってゆくすべてのものに彼の心が狂ったように憧れてゆくのを感じた。

我々は科学者達から大海での船乗り達の冒険とか種族や民族の戦いとか――古い歴史はこれ等の騒動や風聞で混乱を極めているが――これ等のものはすべて需要と供給が巧くゆかないことや、安い食糧を手に入れようとする或る種の本能に基づくものだと教えられる。しかしよく考えてみると、こういう説明は陳腐であまり意味をもたないもののように思われる。

それは北や東から或る種族が他の種族に追われ、大挙して移動侵攻して来たとした場合、それは同時に南と西から何等かの誘引する力の影響があったからとも考えられるのである。ほかの国の評判が彼等の耳に入っていたのであって『永遠の都市』の名前はずっと彼等に聞えていたのだ。彼等は移住者ではなしに巡礼者なのだ。彼等はもちろん葡萄酒と金と日光を求めて旅をしたであろうが、しかし彼等の心はもっとより崇高なものを求めていたのだ。あの宗教的な不安、人間のうずくような苦悩、こういったものが偉大な功業を生み、惨めな失敗を招くものであり、イカルスを蠟の翼で飛ぼうとさせたり、コロンブスを絶海の大西洋に送ったりしたのであるが、同じようにこれら原始の部族を励まし支えて危険に満ちた進軍に駆り立てたのである。彼等の精神をよく現わしている伝説に、彼等の一隊が鉄の靴をはいた大変年とった老人に出会った時の話が伝わっている。

「君達は何処に行くのか」

と老人は訊ねた。彼等は異口同音に『永遠の都市』へと答えた。老人はじっと彼等を見つめて言った。

「私はそれをずーっと捜して来た。世界中を殆ど隈なく捜して来た。そのため私は今はいているような鉄の靴を三足も踏みつぶし、今四足目もこのようにすりきれている。けれどもとうとう私はまだその都市を見付け出していない」

そう言って老人は驚いている彼等を残し身を返して独りで去って行った。

しかしこの話もウィルが下の平原に憧れる気持のはげしさとは比較にならなかった。もしここから出ることさえ出来たら彼のまなこは洗われたようにすがすがしくなり、彼の物腰は上品になり、彼の息づかいすらゆったりしてくるような気がした。彼は自分が、この場所によそから移し植えられ萎んで行ってしまっているように思われた。そして見知らぬ辺地に捨てられて故郷を恋い慕っているような気がした。

彼は下の世界について知っているかぎりの知識の断片をつなぎ合せていった。あの川、休みなく流れて遂には巨大な大海に注ぎ込む川、下の町々、そこには活気に満ちた美しい人達が一杯住んでいて、噴水や音楽隊や宮殿があり、端から端まで金の星のような電燈が灯っている。また大きな教会やえらい大学があり、勇敢な軍隊がいて数え切れないようなお金が地下の金庫に眠っている。一方真昼間から悪事が横行し、真夜中には素早く、人に分らないような殺人事件が起る。私は彼がホーム・シックにかかったようだと言ったが、彼はまったく行く手をはばまれて立往生してしまった恰好で、形のはっきりしない幽霊が薄暗闇の中で両手をさしのべて、華やかで賑やかな人生にこがれ悶えて横たわっているように見えた。

間違いなく彼は自分を不幸な人間だと考え、川の魚達のところに行ってこう言うことだろう。

「お前達はもともとそういう風に出来ているのだ、餌にする虫と流れる川水、それに堰の下の休み穴があれば満足だろう。しかし私はそうは出来ていないんだ。希望と渇望で身もだえし眼をぎらつかせていて、この辺の景色がどんなに美しいからといってそれで満足は出来ないんだ。ほんとうの生活、ほんとうの日の光は下の平原にあるのだ、ああ、どうしても死ぬ前に一目その日の光を見たい。心も軽くあの黄金の国に行きたい。そこですばらしい歌手の唄を聞き、澄んだ教会の鐘を聞き、休日の憩いの公園が見たい」

彼はまたこうも言うだろう。

「おお、魚達よ、お前達はその鼻の方向をちょっと下に向けさえすれば、易々とあの大海に行くことが出来る。そこでは大きな船が雲のようにお前達の頭の上を通りすぎるのを見ることが出来るし、また、あの山のような大波が終日お前達の頭の上で音楽を奏でるのを聞くことも出来るのだ！」

しかし魚達はじーっと我慢して決して方向を変えようとはしなかった。ウィルは笑っていいのか泣いていいのか分らなかった。

今まで、前の道路を通る旅客達は、絵の中の人のようにウィルのそばを通りすぎて行った。彼は時に旅行者と挨拶を交わしたこともあるし、また駅馬車の窓に旅行帽をかぶった老人を眼にすることもあった。しかし殆どの場合、それは離れた遠くからの、しかも、或る種の先入観にしたがった対象でしかなかった。

しかし今やこれが変らなければならぬ時が来たのである。それなりに計算に明るかった彼の養父は確実に利益を期待出来る商売のチャンスを逃がさなかった。彼はその粉挽き水車小屋の道路に沿った敷地に小さな駅宿を建てることにしたのである。

たまたま運よく一寸まとまった財産が転がり込むこともあって、彼は駅馬車の厩舎をも建て、併せて宿駅長のポストも手に入れたのである。そこでその駅宿に泊る客人が水車小屋の庭の一番高いところにある小さな四阿《あずまや》で食事をとる時など、その客人のお世話をするのがウィルの仕事になった。

もちろんウィルはオムレツやワインを給仕する時、下界の話について聞き耳をたて多くのことを学んだ。いや彼は時々独り客の時など客と会話を交わし、彼の機敏な質問や行き届いた気配りは彼自身の好奇心を満足させただけでなくお客の好意をも獲ち得たのである。多くの旅行客は養父母にサービス・ボーイ、ウィルのことを賞めた。或る大学教授などは彼を伴《つ》れて行って下の町で教育をうけさせてもいいとまで言った。養父母は大変驚くとともに喜びも大きかった。彼等が駅宿を開いたのは成功だったと彼等は思った。

老人の養父はよく言った。

「ウィルは宿屋経営の才があるんだ。彼はそういう風に生れついているんだ」

こうして谷間の生活はウィル以外の人達にはすべて極めて満足すべき状態で過ぎて行った。しかしウィルにとって、ドアを離れるすべての客馬車はウィルの身体の一部分を一緒にもって行くかに思われた。時にお客が「一緒に行くか」など冗談を言うことがあるとウィルは彼の心の思いを抑えるのに困難を感じた。夜ごと彼は、自分が吃驚した召使達から起こされ、立派な馬車が彼を下の平原に運ぶために戸口に待っている夢を見た。夜ごとその夢が続いて、はじめは彼もそれを楽しんだのであるが、しまいにはそれがだんだんと深刻なものになって来て、夜ごとの呼出しと待機する馬車の夢は彼の心を恐怖と希望を綯交《ないま》ぜにしたもので一杯にした。

ウィルが十五歳になった時の或る日の夕方、一人の太った若い男がやって来て泊った。その若い男は満ち足りた顔付きで陽気な眼差しをしておりリュックを背負っていた。夕食が用意されている間、彼は四阿に腰かけて本を読んでいたが、間もなく彼は本を傍に置いてウィルを観察しはじめた。彼は明らかに本の虫のような人間より活動的な人間の方が好きなタイプのようであった。ウィルはどうかというと、最初この旅行者を見たときあまり興味を抱くことはなかったのだが、間もなく彼の人柄とセンスのいい話が大変面白くなり、とうとう彼の性格と智能に対して大変尊敬を抱くようになった。

二人は夜おそくまで坐り込み朝の二時までも話し込んだ。ウィルは自分の心をこの若者に打ち明けて、いかに自分がこの谷間を離れることを望んでいるか、また下の平原の町々について自分がどういう輝かしい望みを抱いているかを話した。若い男は口笛を鳴らしながら聞いていたが、やがて大笑いしながら言った。

「わが小さな友よ、君はたしかに面白い少年だ、そして君は君が決して得ることが出来ないような数々の途方もないものを手に入れたいと願っている。いいや、もし君の夢みている下の町々の人間どもが、どれもこれも結局愚にもつかない野郎どもだということ、そして何とかしてこの山の方に上って来たがっていることを君が知ったら、君はまったく恥ずかしくなるだろう。また下の平原に降った人達はしばらくすると心底からもう一度この谷間に帰りたがることも言っておこう。下での空気は君の思っているように明るく清らかでもないし、日光もここより輝いているということはない。君のいう綺麗な男や女だが、下では本当は多くのものがボロを纏い、恐ろしい病気で醜い姿になっている。町というのは貧しい者や傷つきやすい人達にとっては大変つらい所で、そのため多くの人が自ら自分の命を絶とうとするのだよ」

「あなたは私を非常に単純だと考えているに違いない」とウィルは答えた。

「しかし信じて下さい、私はこの谷間を一歩も出たことはないけれども私はこの眼でいろいろ観察をして来ました。一つのものは他のものと必ず関わり合って存在している。たとえば魚が川の渦から離れようとしないのはそこで餌をつかまえるためであり、牧童が仔羊を追っているのは大変美しい絵になる光景であるけれどもそれは仔羊たちに夕べの餌をやるために連れ戻しているにすぎない。私は下の町々のすべてが立派だということを期待はしていないし、かつてはそうであったが今はそのことで悩むことはない。私はずーっとここに住んで来たけれども、ここ数年私はいろいろと分らぬ事について人に訊き沢山のことを学んだ。そしてそれは確かに私の空想を充分正してくれた。しかし、良い悪いは別として、あなたは私が見れるものも見ることなく、やれることもせずに一生をこの道路と川の間で過し、犬のように死んでゆくことを当りまえのこととは思わないはずだ」

とウィルは叫んだ。

「私はぐずぐずと今のように暮しつづけるくらいなら、すぐにでも死んでしまいたい」

若者が言った。

「沢山の人々が君のように生き、そして死んで行った。それでも彼等は幸福だったのだ」

ウィルは言った。

「ああ！　もしそんな人が沢山いるのなら、なぜ誰か一人私に代ってくれないのだろう」

もう全く暗くなっていた。四阿に吊されたランプは下のテーブルと話し込んでいる二人の顔を照らしていた。そしてアーチに沿って格子棚の上を蔽った樹の葉が濃い紫と透き通った緑を反射させせて夜空に輝いていた。太った若い男は立ち上がってウィルの腕をとり四阿を出て大空の下に彼をつれて行った。

「君は星をよく眺めたことがあるだろう」

彼は大空を指しながら言った。

「何度も、何度も」

ウィルは答えた。

「では君は星が何だか知っているかい?」

「私は星についていろんなことを空想します」

「星は我々の地球と同じような世界だ。そのあるものは地球より小さいが多くは地球の百万倍も大きい。そして君が見ることの出来る、かすかに光る星ですら単なる数個の世界の集りではなく、宇宙の中をぐるぐる回っている数多くの世界のかたまりなのだ。我々はそれ等の世界に何があるか分ってはいない。恐らくそこには我々の困難に対する答えとか我々の苦悩に対する救済があるのだろうが、しかし我々は決してそこに到達することが出来ない。どんなに精巧な人間の技術を以てしてもこれ等の世界の一番近いものに行く乗物すら用意することは出来ないし、一番長生きする人でもその旅行には年月が充分でない。大きな戦いに敗れたり、親しい友人が死んだ時とか、我々がふさぎ込んでいる時も上機嫌のときも、星々は常に倦《う》まずに天空に輝き続けている。我々はこの地上に立って、我々のすべての軍隊を併せ、我々の胸のはり裂けるまで大声をあげて叫んだとしてもあの星々には小さな囁きとしてすら届かないのだ。我々がどんな高い山に登ろうとも少しも近づいたことにはなっていない。我々の出来ることは、地上のこの庭に立って帽子を脱いでおじぎするしかないのだ。星の光は我々の頭——私のは少々禿げているが——の上に輝いている。そして君はそれが暗闇の中にきらめくのが見えるだろう。大山とハッカネズミだね、それは我々みんなを、アルクトゥルス *Arcturus*（大角星——牛飼座の主星）やアルデバラン *Aldebaran*（雄牛座の中の一等星）と較べるようなものだ」

彼はウィルの肩に手をおいて付け加えた。

「君は譬え話が分るかな？　理屈としては同じではないだろうが大いに説得力のある話だよ」

ウィルは恥じたように一寸頭をたれた。それからもう一度頭をあげて大空を見た。星々はさらに拡がってより輝きを増すように見えた。そしてウィルが眼を上へ上へと向けて行くにつれて彼の視界に入る星の数は何倍にも増えて行くように見えた。

ウィルは若い男の方に向き直って言った。

「分りました。私達は『兎採りの罠』の中に居るんですね」

「そのようなもんだ、君は栗鼠が檻の中でくるくる廻転しているのを見るだろう。一方ほかの栗鼠は胡桃の上にじーっと止って動かないのも見るだろう。そのどちらが愚かに見えるかは君に訊く必要もあるまい」

牧師の娘マージョリー

それから数年後のある冬、年老いた養父母が二人ともウィルの行届いた看取りの下で亡くなった。ウィルはひっそりと養父母の死をいたみ悲しんだ。ウィルの押さえがたい憧れのことを聞き知っていた村人達は、ウィルがきっと急いで家財を処分して谷を下り、下でせっせと財産造りにはげむことだろうと想像した。しかしウィルにはそんな気配は全然見られなかった。反対に彼は駅宿をもっと足場のいい場所に移しかえて、二人の召使を傭って駅宿の仕事を続けて行った。そして彼はそこに六フィート三インチもある長身の、がっちりした体格と親しみのある声をもった、親切で話好きな、ちょっと正体のつかみにくい若者として落着いたのである。

彼は間もなくその地方でちょっとした変り者で通るようになった。それは彼が常日頃から自分の意見というものをもっており、当然な常識とされていることでも時に問題にするという風であったから、そういう風に見られたことは不思議ではないのだが、しかしそういう評判を高くしたのは彼が牧師の娘のマージョリーに求婚したという突発的な事件に負うところが多いのである。

その時ウィルは三十そこそこであったが、牧師の娘マージョリーは十九歳になったばかりであった。彼女は大変顔立ちが立派で、生れ育ちからしてもその地方のどの娘よりも高い教養を身につけていた。彼女は気位も高くて既に何口かの結婚申込みを断ったとされていて、近隣ではきつい女だという評判をとっていた。しかし彼女はいい娘であったし、どんな男でも満足させられる娘であった。

ウィルは今まであまり彼女を見たことはなかった。教会と牧師館は彼の家からほんの二マイルそこらであったけれども彼は日曜日以外は教会に行ったことはなかった。ところがたまたま牧師館の破損が甚だしくなって、解体して建替えなければならぬことになり、そこで牧師とその娘は一カ月ばかり特別の割引料金でウィルの駅宿に滞在することになった。ウィルは今や、駅宿や粉挽き水車からの収入のほか養父の残した貯蓄もあって裕福な身分であった。その外に彼は気立てがよくて賢いという評判をとっていたから、それは結婚の場合大きな力になる条件であった。

口さがない人達の間ではあちこちで牧師とその娘がウィルのところを滞在宿としたのは目的のないことではないと囁かれた。ウィルは欺されたりおどされたりして結婚するような男では断じてなかった。彼の池のように澄んで静かな、しかも内から迸《ほとばし》り出るような明るい光をもった眼差しを見れば、彼が自分自身の心を知っていて絶対に人にまどわされない人間であることは直ちに理解される筈である。マージョリー自身も、見かけからして弱々しいところは一つもなく、強い落着いた眼差しと意志の強固な、静かな物腰をそなえていた。着実という点で彼女がウィルの相手でないかどうかは疑問であって、二人が結婚したとして、どちらが相手を牛耳るかという点は問題であろう。しかしマージョリーはこのことについては何も考えたことがなかった。そして無邪気に無関心で父について行った。

季節はまだ早かったのでウィルの駅宿の客はまだ少なく、比較的閑散としていた。しかしライラックは既に咲いていたし気候はたいそう温暖であったので牧師父娘とウィルの三人は格子棚の下で夕食をとった。川の音が聞こえ、近くの森には小鳥の囀りが賑やかであった。ウィルはその後徐々にこの夕べの会食に特別の喜びを覚えるようになった。牧師はあまり面白い人ではなくて食卓で居眠りする癖があったが粗野で残酷な言葉は一度も口にすることがなかった。そして牧師の娘の方はどうかというと、最高の優雅さで周囲に調子を合せていたし、その話し方は大変巧みで面白かったので、ウィルは彼女が大変な才能をもっていると思った。彼は彼女が上り坂の松林を背景に椅子に背をもたせかけるとき彼女の顔を見ることが出来た。彼女の眼差しは温和であった。灯りが彼女の髪のまわりをスカーフのように包んでいた。かすかに微笑んだように見えて彼女の蒼白く見える頬にくぼみが走った。

ウィルは楽しい狼狽の気持の中で彼女を見つめ続けることを抑えることが出来なかった。彼女はじーっとしている時でも非のうちようがなく、指の先からドレスのスカートの先まで生き生きとしていて、この世のほかのものはそれに較べるとまったくしみのようなものに感じられた。ウィルが彼女のまわりから眼を転ずると木々は生気のない無感覚なものに見え、空にかかる星は死んだようで、あの山の頂さえ日頃の魅力を失って見えた。この谷間のすべての景色もこの少女一人に及ばない。

　ウィルは彼の接する周囲の人々についてはいつも周到な観察をする人間であったが、マージョリーの場合は殆ど見ていて気の毒なほど熱の入った観察者になった。彼は彼女の言葉のすべてに耳を傾け、それと同時に彼女の眼をのぞき込んで話の奥にある意味までさぐろうとした。彼女の心温かい、簡素で真剣味のある話の数々は深く彼の心をとらえた。彼は自分の精神が疑うことを知らず、望むことを知らず、平和に包まれて安らかに充ちたりた気分に浸っているのを感じた。彼女が何を考えているかを彼女の外観と切離して考えることは不可能であった。彼女の手頸《くび》の動き、彼女の静かな声のひびき、彼女の眼の光、彼女の身体の線、これらは歌手の唄声を支え、調和させる伴奏のように彼女の荘重でやさしい言葉ととけ合った。

彼女の影響力は分けて考えることも、論議することも出来ない一体のものであり、感激と歓びの気持をもってのみ感得されるものであった。ウィルにとって彼女の存在は何かしら自分の少年時代のことを思い起させた。そして彼女への想いは、夜明けの思いや流れ走る川水、咲きはじめの菫やライラックの思い出とつながった。鋭い感覚のセンスや霊妙な不思議さの印象といったものは、はじめての物を見た時、または春になって再び花が咲く場合のように長い期間をおいて久しぶりに物を見る時に起るのが特徴であるが、しかしこれも長い年月のうちには消え失せてしまうものだ。しかし愛する人の顔を見るということは一人の男の性格を根本から変えてしまうのである。

或る日の夕食のあとウィルは樅林《もみ》に沿って散歩をした。彼は荘厳な幸福感に頭のてっぺんから足の爪先まで包まれた。そして歩きながら彼自身と周囲の景色に微笑みかけを続けた。川は踏石の間をきれいなさざ波をたてて流れ、鳥は森の中で賑やかに囀っていた。聳え立つ山の頂は見上げるように高く、彼がそこに眼をやったとき山頂は慈悲深いおごそかな好奇心で彼の動きを見守っているように見えた。彼は平原を見下ろす高みへ道をとった。その高みの岩に坐って彼は深い楽しい思いに耽った。

下の平原は広く開けて町々があり、銀色をした川がその中を流れていた。すべてのものは眠り、鳥の群が大きな渦を描いて飛び廻っていた。彼はマージョリーの名前を大声で呼んだ、その声は彼の耳に快く響いた。彼女は静かに輝いており、彼女のいいことばかりが浮んで来る。川はいつまでも流れ、鳥は星に届くまで高く飛んだらよい。それらは結局空しい空騒ぎだ。私はここで一歩も足を運ぶことなく、この狭い谷間で辛抱強く待った甲斐があって、とうとう輝かしい太陽の光をかちとったのだ。

翌日ウィルは夕食の時、牧師が煙草をパイプに詰めている時に、テーブル越しに話を切り出した。

「マージョリー」彼は言った。

「私は今まで貴女ほど好きになった女性を知らない。私はだいたい冷たい不親切な部類の男性と思われるかも知れない。しかしそれは心の温かさがないわけではなく、私の考え方が一風変っているからなのです。それで村の人達と私とは遠くかけはなれて生きているように見える。それは恰も私のまわりに隔離する輪があってみんなはその外にいるみたいな感じです。しかし貴女だけは別だ。私は人々が話したり笑ったりしているのを遠くから聞くだけだ。しかし貴女はすぐ傍にいてくださる。どうでしょう、こうした話はお厭でしょうか?」

マージョリーは返事をしなかった。

「返事をなさい」牧師が言った。

ウィルは言葉を返した。

「いや牧師さん、今すぐ私は返事を求める気はありません、私はこういうことにはなれていないので話が下手だと自分でも思います。それにマージョリーは何といっても女性で、それに漸く大人になったばかりです。しかし私のことを言えば、人々がよく言うお嬢さんに恋しているということでしょうか。私は私の気持を汲んでくれとばかりは申しません。それはよくないことです。しかし私に関しては今申上げた通りです。もしマージョリーさんが気が進まないのでしたら頸《くび》を横に振って下さい」

マージョリーは沈黙を守って話を聞いている様子に見えなかった。

「如何でしょう、牧師さん？」

牧師はパイプを横に置きながら答えた。

「娘が答えるでしょう。マッヂよ、ここにあなたを愛するという隣人がいる。あなたは彼を愛しますか、イエスですかノーですか？」

マージョリーはかすかに答えた。

「私は彼を愛していると思います」

ウィルは心底から叫んだ。

「いやぁ、これで私の最大の望みが叶うんだ」

そうして彼はテーブル越しに彼女の手を握り、しばらくの間大きな満足をもってそれを両の手に包んでいた。

「あなた達は結婚しなさい」牧師はパイプを口に戻しながら言った。

「そうするのがいいと思いますか？」ウィルは訊ねた。

「当然のことだ」牧師が答えた。
「有難うございます」求婚者は答えた。

ほかの人には殆ど分らなかったけれどもその後の二、三日はウィルにとって大変な喜びの中に過ぎて行った。彼は食事の時ずっとマージョリーの向い側に席をとり、彼女の父親のいる前で彼女と話を交わし、彼女を見つめつづけた。しかし彼は彼女と二人だけになろうとしたりしなかったし彼女に対する態度にははじめの頃と何等変りはなかった。恐らくマージョリーはいささかがっかりしたかも知れないし、それは無理もないことである。それでも一人の男性にずっと思われ続けて、彼女の存在がその男性に浸透しそれを作り変えつつあるということは彼女にとって完全に満足すべきことであった。というのは一時たりともウィルの心は彼女から離れられなかったからである。彼は小川を眺めながら腰を下ろし、渦の芥を見守った。そしてじっとして動かない魚や流れになびいている水草を見つめた。彼は薄暗くなった夕方、ただひとりさまよい歩いたが沢山の黒い鳥が森の中で彼の周りで啼きつづけた。彼は朝早く起きて空が灰色から金色に変り、太陽の光が山の頂に顔を出すのを見た。どうも彼は今までそんなものを見たことがなかったような気がしたし、今はどうしてそれらが前と異なって見えるのだろうと訝かった。彼の持物である水車の音や林を吹き抜ける風の音が混じり合って彼の心を恍惚とさせた。この上もない幸福感がこみ上げて来て彼はそれを抑えることが出来なかった。彼はこの上なく幸福で夜も眠れず大そう落ちつきがなくなって彼女と一緒でないとじっと坐って居れない風であった。しかしそうでありながら彼は彼女を探し求めるよりもむしろ避けているように見えた。

　或る日、彼が散歩から帰って来た時、マージョリーが庭園で花を摘んでいるのを見かけた。彼は彼女に近づき歩調をゆるめて彼女と伴《っ》れ立って歩いた。

「貴女は花が好きですか？」

「ええ、私は花が大好きなんです。あなたは？」

「いやぁー」彼は言った。

「そんなに好きというわけではありません。結局それは大したことではないように思います。私は花がとても好きな人達を知っていますが、しかしその人達も貴女のようにはしないのです」

「どういうことですか?」

彼女は花を摘むのをやめ彼の方を見上げながら訊いた。

「花を摘むことです」と彼は言った。

「花はそこにあったままの方がはるかにいいし、はるかに綺麗だと思うんです」

「私は花を自分のものにしたいんです。花を私の心の近くに持って来て部屋に置いておきたいのです。花がここに咲くと、どうしても私はそういう風に誘惑されるのです。花は言っているように見えます。ここに来て何とかして下さい、と。それで私がそれを摘んで私の傍に置くと花の誘惑は消え失せて私は安心して花を眺めることが出来るのです」

「貴女は花について何も考えなくていいように、花を自分のものにしたがっている。それは金の卵をもっている鵞鳥の命を奪うようなものです。私も少年の頃、ちょっとそういう傾向がありました。というのは私は下の平原を見下ろしては、そこに下ってゆくことばかり考えました。しかし今はもうそんな気持はありません。マージョリー、理屈だと思われるかも知れないが、みんながちょっと考え方を変えれば私のようになるのではないかと思います。そして貴女も丁度私がここの谷間に留まっているように庭の花を咲いたままにしておくでしょう」

彼は急に話をやめて突然「ああ！　神様」と叫んだ。そして彼女が「何かいけないことを私がしたのでしょうか」と訊ねた時、彼はそれには答えず、ちょっと当惑したような顔つきで家の中に入って行った。

彼は黙ってテーブルに腰かけていた。そして夜になって星が空一面に輝き出した頃、彼は落ちつかない顔つきで中庭と庭園を何時間も往ったり来たりした。マージョリーの部屋の窓には灯りがまだともっていた。濃紺色の丘と銀色に光る星の世界の中に長方形のオレンジ色の斑点のように。ウィルの心ははげしくその窓に吸いつけられた。しかし彼の心は恋人のそれではなかった。「あの部屋に彼女はいる」彼は思った。「そして大空には星がまたたいている。――共に幸あれ！」この二つのものは彼の人生に良い影響をもたらした。それ等はともにこの世界について深い満足の気持をもって彼の心を和らげ慰めてくれた。それなのにそのどちらかにより以上のものを望むべきなのか、あの太った若者とその忠告がいきいきと彼の心に甦り彼は頭をきっとあげて両掌を口の前にそろえ、大声で無数の星がきらめいている大空に向って叫んだ。彼の頭の位置のせいか、または激しい動作の突然の緊張からか、空の星々の間に一瞬ショックが起り天空を白い光が星から星に流れたように見えた。その瞬間マージョリーの部屋の鎧戸の端が上ったかと思うとすぐに下りた。彼は大声で「ホー、ホー」と笑った。「これとあれ」ウィルは思った。「星がまばたき、そして鎧戸が上がる。ああ、私は何という魔術師！　いや、ひょっとしたら私は阿呆かな？」そして彼はひとり笑いをしながら寝床についた。

翌朝早く、彼はも一度彼女が庭園にいるのを見てそこへ行った。

「私は結婚についていろいろ考えて見ました」

彼は唐突に話し出した。

「そして繰返し考えた上、私はそれは意味のあることではないという結論に到達しました」

彼女はほんのちょっと彼の方を見た。しかし、彼の明るい親切そうな顔つきは彼女を困惑させた。彼女は再び黙って地面を見つめた。彼は彼女がふるえているのを見た。

「どうか気にしないで下さい」

彼はちょっと後ろに退りながら言った。

「気にしてはいけません。私は何度も考えました。そして決して嘘、いつわりは申しておりません。私達は今までよりちょっとでも近づいてはいけません。そして私達が賢明な人間であるならば、それが一番幸福だと思います」

「私のことでいろいろお心遣いは無用です」と彼女は言った。

「私はよく覚えております。あなたが結婚のことに責任を拒まれたことを。そして今、私はあなたが間違えていて本当は決して私を愛してはいらっしゃらないということが分りました。私はここまで間違って時間を過してきたことが悲しいだけです」

ウィルは断固として言った。

「お許し下さい。貴女は私の言っていることがお分りでない。私が貴女を愛《いとお》しく思ったか否かということについては第三者の判断に委ねましょう。しかしただ一つだけ間違いのないのは私の愛情は変っていないということです。それに、も一つ、貴女が私の生活と性格のすべてを今までとすっかり変えてしまったということは貴女の誇りとしていいのではないでしょうか。ただしかし私はいま結婚はすべきではないと考えております。私はそれより貴女が貴女のお父さんと一緒に生活を続けられて、皆が教会に行くように私が週に一、二回お訪ねして貴女にお逢いする、それが私達二人にとってより幸福なのではないかと思っています。これが私の意見です。しかし貴女が結婚することを望まれるなら私は喜んで結婚いたします」

「あなたは私を侮辱なさっていることがお分りですか」

彼女は激して言った。

「いいえ、マージョリー、私の良心にかけてそれは違います。私は私の心の愛情のすべてを捧げます。貴女はそれを受取ってもいいし欲してもいい、しかし一ぺん起きてしまったこと、そしてそれによって私がいろいろ考えたことを変えるということは貴女にも私にも難しいのではないでしょうか。私は貴女が望まれるなら貴女と結婚いたします。しかし私は繰返し申します。それはいいことではない、私達は友達として止まるのがベストだと思います。私はあまり激しない人間ですが私は今までいろんなことを見聞してきました。私を信じて下さい。私の申入れを受けて下さい。しかし、もし貴女が望まれるなら仰言って下さい。私は直ぐにでも貴女と結婚いたしましょう」

しばらく沈黙が続いた。ウィルはだんだん落ちつかなくなってきて、到頭いらいらして来た。

「貴女は気位が高くて自分の本心を言いたくないようですが、それはよくありません。何でも言ってしまえばすっきりするものです。私は正直に、尊敬の念をもって女性に対して来たつもりです。私は私の考えを言ってそれを貴女の選択に委ねたのです。貴女は私と結婚することを望みますか、それとも私がベストと考えている私と友達でいることを望みますか、それとも貴女はもう私はいらないとお考えでしょうか？どうか言って下さい！貴女のお父様はこのような問題は自分で返事をするべきだと仰言ったでしょう」

彼女はそれを聞いて気をとり直したようで一言も物を言わず急いで庭園を抜けて歩き去り、家の中に消えて行った。とり残されたウィルはいささか当惑してしまった。彼は小声で口笛を吹きながら庭を行ったり来たりした。時々彼は立止まって大空や山の頂を眺め、また堰の端まで歩いて行って腰を下ろし、空《うつ》ろな気持で川の流れに見入った。

この疑惑と不安のすべては彼の性格と彼が固く心に決めた生活様式には極めて不慣

れなものであったので、彼はマージョリーが自分の宿にやって来たことに後悔をはじめていた。「結局」彼は思った。「私は人並みに幸福だったんだ、私は私が欲すれば一日中ここに来て見慣れた魚を見ることが出来るんだ、私は私の古い水車のようにここに落ちついていて結構満足なんだ」

マージョリーはきちんとした身なりで静かな表情をして昼食にやって来た。そして三人がテーブルにつくとすぐ彼女は父に向って言った。眼は自分の食膳を見据えたままであったが、しかし困惑や落胆の表情は何一つなかった。

「お父さん」彼女は口を開きはじめた。

「ウィルさんといろいろと話し合いました。私達は二人ともお互いの感情について誤解があったことが分りました。そして私の方からお願いして結婚はやめにすること、そして今まで同様良い友達であることに意見が一致しました。ご覧のとおり喧嘩をしたのでもありませんし、今後もウィルさんとは度々お会いしたいと思っております。ウィルさんが私の家を訪ねて下さればいつでも歓迎申上げるつもりです。しかし今はウィルさんの家を出た方がいいんじゃないかと思います。今までの経過からいって私達父娘がこのままこの家に止まっていることは難しいように思います」

最初から自分を抑えきれずにいたウィルは、これを聞いて訳の分らぬ大声をあげ、狼狽しきった表情で、遮り妨害するような仕草で片手をふり上げた。しかし彼女は彼の方をちらりと見上げ、怒ったような紅潮した頬で彼を制止した。

彼女は言った。

「あなたは礼儀を弁《わきま》えでしょうか、この問題は私から説明をさせて下さい」

ウィルは彼女の表情や声のひびきに圧倒されたようで言うことをやめた。そしてこの女性には彼の理解を超える何物かがあると思った。

牧師はがっかりしてしまった。そして夜までには仲直りする恋人同士のちょっとしたいさかいにすぎないと思い込むように努めた。そしてウィルの宿を去る時でも、何も喧嘩をしたわけではないのだから別れる理由はないと言い続けた。というのは善良なウィルは今までと変りなく主人役として牧師をもてなしたからである。

彼女が始終言葉少なに、しかもごく平静に、その女性特有の技巧と戦術で彼女の欲するままにウィルと父親を指先であしらうように、いつの間にかリードしていっているのはまったくの観物であった。それは彼女がやっているというよりは恰も物事が自然とそうなっていったように運び、彼女とその父親はその日の午後、農場の馬車に乗って谷間から遙か下に降り、別の小さな村で彼等の家が出来上がるまで待つことになった。しかしウィルは注意深く観察していたので彼女の聰明さと決心の程はよく分った。彼は自分が独りぽっちだということを見出したとき数々のおかしな思いが繰返し心に浮んで来るのであった。

まず彼は大変悲しく淋しかった。彼はその生活の中であらゆる興味を失った。そして気のすむまで大空の星の数々を見上げることは出来たが、どうもそれは昔のように頼りになったり慰めになったりしなかった。そして彼はマージョリーへの思いで気が狂いそうであった。彼は彼女のとった態度について当惑といらだちを感じていた。にもかかわらず一方でそれを賛美する気持を抑えることが出来なかった。彼は彼女の平静な魂の中に彼が今まで思ってもみなかった立派だが不可解な天使がいることが分ったと思った。そして彼はそれが、つとめて人生の平静を求めて来た彼にとってふさわしいものであると同時に悪い影響をもつであろうことは分っていたが、しかし彼はそれを自分のものにしたいという渇くような願望から逃れることが出来なかった。陽のあたらない所に住んで来た人間が急に太陽に出会《でくわ》したときのように彼は苦痛を感ずると同時に歓喜を覚えたのである。

日が経つにつれて彼の心は極端から極端へと揺れ動いた。或る時は自らの固い決心を賛美するかと思うと、或る時は自分の臆病で愚かな用心深さをさげすんだりした。恐らく前者が彼の心の本音であって、それが彼のいつもの思考の方向であった。しかし後者は時々抑え切れない力で噴出し、その時には彼はすべての分別を失って悔恨で自失した人のように家や庭をあちこち歩き廻り樅林の中をさまようのであった。もともと平静でしっかりしたウィルにとって、こういう状態は耐えられないものであった。そこで彼はどんな犠牲を払ってでもこの問題に決着をつけようと決心した。そこで或る暑い夏の午後、彼は最上等の服を着込み、山査子《さんざし》の鞭を手にして川に沿って谷を下った。彼が決心をきめると、彼はすぐにいつもの心の平静をとり戻すことが出来た。そして心配とか不愉快な焦りなどはなくなって明るい天気と移り変る景色を楽しんだ。結果がどういうことになろうと、それは彼にとってほとんど同じようなものであった。もし彼女が彼を受入れてくれるなら、多分それがベストであるだろうが――今度は彼は結婚するだろう。もし彼女が断るなら、彼は彼の最善を尽したのだから、将来とも煩わされない心でわが道を行くだろう。どちらかというと彼は彼女が断るだろうことを望んだ。しかし彼が小川の曲り角の柳の枝を通して彼女が住んでいる家の赤い屋根を再び目にした時、彼はその願いをひっくりかえしたい思いにかられ、自分の考えのぐらぐらしていることを大変恥しく思った。

マージョリーは彼に会うことを喜んでいるように見えた。そして素直に、ためらいなく手を差しのべて握手した。

「私は貴女との結婚のことをずーっと考えて来ました」

「私もそうです」と彼女は答えた。

「私はあなたが大変思慮深い方だということがだんだん分って来て尊敬いたしております。あなたは私が自分を知っている以上に私を理解して下さっています。そして私は今、いまのままが一番いいということを確信しております」

「ですが、それは……」とウィルが話し出そうとしたが、彼女はそれを遮るように言った。

「あなた、お疲れでしょう。お掛け下さい。私がワインを持って参りますから。せっかく訪ねて下さって不愉快な思いをさせては相すみません。どうか、これからも度々来て下さい。もしお時間の都合がつけば週に一回ぐらいいらっしゃいませんか、私はいつでも喜んで私の友人を歓迎いたします」

「ええ、結構です」彼は思った。

「これでよかったんだ」

そして彼は気持のいい訪問を終え、上機嫌で家に帰り、それから後、この問題については気を遣うことをしなくなった。

ほぼ三年の間、ウィルとマージョリーは二人の間の愛情に関しては一言もふれることなく週に一回か二回、ウィルが訪問して話合うという関係が続いた。そしてその期間のウィルは間違いなく幸福そのものであった。しかし彼はむしろ彼女に会う楽しみを抑えようとしているかに見えた。彼は牧師館への道を半ば以上も来たところで、恰もその食欲をより高めるかのように突然引返したりした。道の中途に一つの曲り角があって、そこからはずーっと遠くに背景として三角形に区切られた平原が見え、谷の斜面の樅林に挟まれて割れ目のように見える空間に教会の尖塔がそそり立っているのが見えるのであるが、彼は引返す前に、そこに腰掛けて思いに耽るのが好きであった。

地元の農夫達は夕暮の薄明の中に習慣のように彼が度々そこに腰かけているのを見

て、そこを「水車小屋のウィルの辻」と呼んだ。

三年目の終りの頃、マージョリーは彼に何の相談もなしに、突然他の男と結婚して彼を悲しませた。ウィルは健気にも平気を装った。そしてただ、自分は女性のことはよく分らないけれども、三年前慎重に考えて彼女とは結婚しなかった、と言った。彼女はたしかに自分自身の本当の心というものを充分知らなかったようだし、結婚のことはいかにも巧くやったようであるけれども、やはり結局は他の女達と同様に浮気で気紛れであったのだ。彼は彼女に引っかからなくてよかったことを喜んでおり、その結果として自分は分別の深い男だという評価をうけるだろうと言った。しかし当然のことながら彼は心の中では不愉快であった。そして一、二カ月の間、ひどくふさぎ込んで召使達が驚くほど憔悴してしまった。

彼女の結婚からほぼ一年ばかり経った或る夜、ウィルは道を早駈けで上って来る馬の蹬音で起こされ、続いて、せき立てるようなノックの音が駅宿のドアにひびいた。彼が窓を開けると一人の農場の使用人が馬に乗っていて、もう一頭の馬の手綱をひいていた。彼はウィルに大急ぎで来てくれ、マージョリーが死にかけていて、ウィルに来てくれるように頼まれたと言った。ウィルは乗馬が巧みでなかったので早く走れず、彼が到着した時には彼女はほとんど臨終に近かった。しかし二人はほんの数分間、二人だけで話をした。彼女が息を引取った時、彼は傍らにあって激しくすすり泣いた。

死

何年かが過ぎ去ったが下の平原では破壊と騒動が続いた。無産階級の革命が起り、多数の死傷者を出し、そして鎮圧された。観測塔に立てこもった辛抱強い天文学者達は新しい星を見つけて名前をつけた。ひかりかがやく劇場ではいろんな劇が上演され、一方多くの人達が担架で病院にかつぎこまれた。そして人の群がった平原の町では人の世のいつもの混乱と興奮がくりかえされた。ただウィルの住んでいる山の谷間だけは風と季節が移り変るだけであった。魚はさらさら流れる小川で泳いでいるし、鳥は頭上で啼き、松の梢は星空の下でさらさらと音をたて、丘の頂は高く聳えていた。そしてウィルはあれこれと駅宿の世話をしながら、いつの間にか頭に白いものの増えてゆくまで歳を加えた。しかし彼の心臓は若く活力があった。そして彼の正常な脈搏は彼の手頸の動脈で力強く堅実に搏動を続け、彼の両頬は熟れた林檎のように健康な色をしていた。彼はちょっと前屈みにはなったけれども彼の足どりは依然としてしっかりしていたし、彼の筋骨たくましい掌は親しみある力をこめて誰とでも握手をした。

彼の顔は外気にさらされた皺で一ぱいであったし、よく見るとしんから日焼けした赭《あか》ら顔であった。そうした顔の皺は普通愚鈍な顔の鈍重さをさらに強調しがちなものであるが、しかし輝いた眼差しと微笑んでいる口元をしているウィルのような人間の場合には、逆に単純で平明な生活ぶりを証明することになって、別の魅力を人に感じさせるのである。彼の話しぶりはいつも賢明なやり方であったし、彼は他の人々に好意をもち、人々もまた彼が好きであった。

シーズンに入って谷間が旅行客で一ぱいの時など、ウィルの四阿《あずまや》で楽しい集いがもたれることが多かった。そして彼の意見は谷間の人達には奇妙に思われたが、下の町や大学から来た教養人の間ではたびたび賞讃の的になった。そして夏の休暇を利用して旅行している若者達の間では「水車小屋のウィルの宿」と彼の素朴な人生哲学がよく話題になった。本当になんべんとなく彼は下の町に来ないかと招待をうけたが、彼はどうしても上の谷間から離れようとしなかった。彼は頭をふって意味ありげに煙草のパイプ越しに微笑むのであった。

彼はよく言った。

「あなた達は遅すぎた。私はもう死んだも同様の人間なのだ、私はかつて生き、既に死んでしまっている。五十年前だったら、あなた達は私を居ても立ってもいられなくさせたかも知れない。しかしもう今は私の気持を動かすことは出来ない。考えてみれば、生きることについてあれこれ考えなくなることが長生きの冥利かも知れない」

そしてこうも言った。

「長生きと上等の食事との間には一つだけ違いがある。それは上等の食事の場合は最後に甘いものが出るということだ」

或いはまたこうも言った。

「私が少年の頃、私はいささか迷った。そして珍しいものがあってそれを見るために没入するに値する対象は私自身なのか外の世界なのか、どうにも分らなかった。しかし今、私はそれが私自身であることを知っているし、それを信じている」

彼は決して弱さの兆候を見せず、最後まで雄々しくしっかりしていた。しかし彼は徐々に言葉少なになっていって、何時間でも人の話すのを黙って面白そうに興味深く聞き入るようになった。たまに彼が話をする時は要点だけを言い、長い経験に基づいた指摘をするだけであった。彼はワインの一瓶を楽しそうに空けた。中でも夕暮どきに丘の頂で飲むとか、夜おそくきらめく星を仰ぎながら庭の四阿で飲んだりした。彼はよく言った。何か自分を惹きつけるが手に入れることの出来ないものを眺めていると楽しみがいや増すようだと。そして彼は自分はずいぶん長生きして来たので一本の蠟燭の光でも星を連想して美しいと思うと打ち明けたことがある。

彼が七十二歳になった或る夜、寝ていた彼は心身に何か不安を覚えて起上がり、着物を着て気を静めようと庭の四阿に出て行った。外は真暗闇で星はなかった。川は水が増し、湿った林と牧場は芳香に満ちていた。昼間雷雨があって明日も雷雨が続くとの予報であった。七十二歳の老人には暗い、息苦しい夜だ。

天候のせいか不眠のせいか、それとも老いた肢体に少し熱でもあるのか、ウィルの心はときめきを覚えるような、また叫びたくなるような数々の思い出に捉らわれた。彼の少年時代、太った若者との夜、養父母の死、マージョリーとの夏の日々、それに他人には無意味に見えても彼自身にとっては正にその生命の要であったあれこれの細々としたまわりのもの——見たもの、聞いた言葉、たれかれの顔——こういったものの思い出が、かくれた隅から浮び上ってきて彼の注意を捕えた。死んだ人達が彼と一緒にいて、彼の頭の中をつぎつぎに過ってゆく淡い思い出の舞台でそれぞれの役割を演じているだけでなく、深い、いきいきとした夢の中で昔ながらの肉体的感覚を甦えらせるのである。

あの太った若者は向い側のテーブルに肘をついている、マージョリーはエプロンに花を一杯かかえて庭園と四阿の間を行ったり来たりする。彼は年とった牧師がコッコツと煙草のパイプでテーブルをたたいたり、鼻を鳴らすのを聞くことが出来た。彼の意識の潮は満ちたり干いたりした。彼は或る時は半ば眠ったように過去の回想に身を委ねた。また或る時はまったく正気な自分自身を訝かった。しかしその真夜中に近い頃、彼は死んだ養父が、旅行客が到着した時によくやったように、彼を家から出てくるように呼んでいる聲に驚かされた。幻覚は極めてはっきりしていたのでウィルは席から飛び上って養父の呼声がまた聞えるかどうか聞き耳をたてた。そして彼が耳を傾けていると、彼はごうごうと流れる川の音や、熱気味でりんりんとなっている耳鳴りのほかに、もう一つ別の音が聞える気がした。それは馬の足掻きと馬具の軋みの音で、恰も前の道路を気負い立った馬に引かれた駅馬車が中庭の門の前に駈け上って来たようであった。

こんな時間に、しかも整備されていない危険な谷間の道を馬車を飛ばしてくるなんてとんでもないことだ！　ウィルは強いて不審を念頭から追払って再び椅子に腰を下ろした。そして眠りが流れる川のように彼を包んだ。彼はしかし、今一度死んだ養父の、前よりかすかな、消え入るような呼声で眼を覚まされた。そしてもう一度駅馬車が路上を走る音を聞いた。そして三度か四度、同じ夢・おなじ幻覚が彼の感覚に現われた。そしてとうとう彼は自らに微笑みかけながら、ちょうど大人が不機嫌な赤ん坊をあやす時のように、自分の不安を鎮めようと門の方に向って進んで行った。

四阿から門まではそう遠い距離ではなかった。しかしウィルには相当の時間がかかった。それは恰も死んだ人達が中庭の彼のまわりをとり囲んでいて、彼が一歩進むごとにその前を横切るのである。突然彼はヘリオトロープの圧倒するような濃厚な香りに驚かされた。それは恰も庭園の端から端までこの花が植えられていて蒸し暑い湿った夜に一気にその香りを放出しているかのようであった。ヘリオトロープはマージョリーの好きな花であった、そして彼女が死んでからこの花は一本としてウィルの庭園に植えられることはなかった。

「私は気がおかしくなっているのかも知れない」と彼は思った。

「可愛想なマージョリー、そのヘリオトロープ！」

そしてそう思うとともに彼はかつて彼女が滞在していた部屋の窓に目をやった。前に彼は窓の灯りを見て狼狽した気持になったことがあるが、今度は恐怖に近い思いをした。というのは今度も部屋に灯がともっていたからである。窓はかつての時のように長方形のオレンジ色をしていた。そして鎧戸の端がかつて彼が立止り困惑して空の星に向って叫んだ時と同じように夜の闇の中で、上ったかと思うと下りた。幻覚はほんの一瞬のことであった。しかしそのため彼はすっかり落ちつかなくなって、眼をこすりながら家の輪郭とその背後の暗闇を凝視した。彼がこうして立っていると恰もずーっと前から彼はそこに居たような気がし、再び道路に物音がするのが聞えて来た。そして彼がふりむくと、中庭を横切って見知らぬ人がやって来るのが分った。その見知らぬ人の後ろの道路上にははっきり判らないけれども大きな客馬車のようなものがあるようで、その上に黒い松の梢が羽根飾りのように見えた。

「ウィルさんですね」と新来者は軍隊風に短く訊いた。

「そうです、お客様」ウィルは答えた。

「何かお役に立てましょうか？」

「ウィルさん、私はあなたのことはいろいろ聞いております」相手は答えた。

「いろいろ、しかも充分に。私は大変忙しい身体ですけれどもあなたの四阿であなたと一緒にワインの一瓶を共にしたいと願っております。その前に先ず私自身の自己紹介をいたしましょう」

ウィルは格子棚の方に案内し、ランプを灯し、ワインの栓をあけた。彼は今までそういった儀礼的な会見に全然不慣れということでもなかったが、そういうお客には度々失望した経験もあって今回も相手にあまり期待はしなかった。ただ彼の判断力は雲がかったようで、こんな真夜中だということを訝かりもしなかった。彼は眠っている人間のように動いた。そしてランプがひとりでに灯き、ワインがちょっと考えただけで栓が空いてやって来るかのように思えた。ただ彼はずっと新来者の様子に何か不審なものを感じて、彼の顔をよく見ようと灯を向けたけれどどうまくいかなかった。彼のランプの扱い方が不器用でそうなのか、或いは彼の眼に暈がかかっているかのようであった。しかし彼が眼鏡をふいてよく見たとき、テーブルの上には自分の影だけが薄く写っていた。そして心臓が冷たくなり彼は異状を感じはじめた。静寂は彼には耐え難かった。彼自身には自分の動脈の搏動が聞えるだけで、その外のものは何も聞えなかったし川の瀬音さえ聞えなかった。

「さあ参りました」見知らぬ人はぶっきら棒に言った。

「よくいらっしゃいました」

ウィルはちょっと妙な味のする彼のワインを啜りながら答えた。

「私はあなたが大変実行力のある方だということを知っています」

見知らぬ人は続けた。

ウィルはいささか満足気な笑みを浮べ、ちょっと肯いてこれに応えた。相手は続けた。

「私もそうなんです。そして人々の大事な気持を踏みつけにすることが私の心からの喜びなんです。私のように実行力のあるものは私以外に誰もいない。ひとりとしていない。私は私の好きな時に、王侯や将軍や大芸術家の思いつきとか願望の邪魔をして来ました」

さらに彼は続けた。

「そしてもし私がいまここにあなたの願望の邪魔をしに来たのだとしたら、あなたはどう思いますか?」

ウィルのはげしい応答が喉まで出かかったが、駅宿の主人としての礼儀がこれを押しとどめた。そして彼は平静をとり戻し、やさしく手をふってこれに応えた。

見知らぬ人は言った。

「私はそのために来たのです。そしてもし私があなたを特別に尊敬していなかったなら、私はこのことについて何もあなたに話しをしなかったでしょう。あなたはあなたが現在居るところに止まり続けたということを誇りにしているようです。あなたはあなたの駅宿にくっついて離れようとしなかった。しかし今、今度はあなたが私の馬車にのる番です。このボトルが空になる前にあなたはそうするでしょう」

「それは面白いですね」ウィルは含み笑いをしながら答えた。

「なぜって、あなた、私は年とった樫の木のようにここに生き続けてきたんですよ、悪魔だって私を掘り起すことは出来はしない。お聞きしていると、あなたは大層おもしろいことを仰言る老人でいらっしゃいますが、私がもう一本ボトルを開けましょう。そうしたらきっとあなたの心の痛みも楽になることでしょう」

この間中、ウィルの視力はどんどん衰えていった。しかしそれでも彼は何か鋭い寒々とした眼差しが彼を見つめていて、そのため自分がいらだち圧倒されそうになる気持を意識していた。

「あなたは私が神に作られた一切の物に恐れを抱いて家から一歩も出ようとしない人間であると考えてはいけません。私が家に止まることにもう飽き飽きしていることを神は充分ご承知です。あなたが夢見ていられるような長い長い旅に旅立つ時が来るなら私は何時でも用意が出来ていると思います」

彼は突然熱につかれたように激しく叫び出して自分でびっくりし、自らを訝かった。

見知らぬ人はグラスを干してそれを脇に押しやった。彼はしばらくうつむいていたが、それからテーブルに倚《よ》りかかり、ウィルの前腕を一本指で三度叩いた。彼は厳かに言った。

「時が参りました」

気持のわるい悪寒が指で叩かれたところから拡がり、見知らぬ人の声は重苦しく警戒的でウィルの心臓に異様に響いた。

「ご免なさい」

見知らぬ人はいささか動揺した様子で言った。

「何のことですか?」

「私をご覧なさい、あなたの眼は泳いで視点が定まらないでしょう。あなたの手を挙げてご覧なさい、それは死んだように重いでしょう。これがあなたの最後のワインのボトルです。ウィルさん、そして今夜がこの地上での最後の晩です」

「あなたは医者ですか」

ウィルは震える声で訊いた。

「誰よりも優れた医者です」

相手は答えた。

「というのは私は一つの処方で心も身体も一緒に治してしまうからです。私はあらゆる苦痛をとり去り、あらゆる罪を許すのです。そして私は私の患者が人生で巧くゆかない時あらゆる紛争を解決して再び自由にしてやるのです」

「一つの時がすべての人間に来るのです、ウィルさん」医者は答えた。

「その手から舵がとり去られた時に。あなたの場合あなたは慎重であったし平静であった、だから来るのがおそかった、そしてあなたは長い間それを受入れることに自分を訓練して来ました。あなたは自分の水車小屋に関連してすべてを経験して来ました。あなたは終日兎がその巣にこもるように自分の世界にとじこもった、しかし今やそれも終りです」

医者は立上りながら付け加えた。

「立上って私と一緒にお出でなさい」

「あなたは不思議なお医者さんだ」ウィルはしっかりと客を見据えながら言った。

「私は自然の法則なのです。そして人々は私を『死』と呼んでいる」

「なぜあなたは最初からそうだと私に言わなかったのですか？」ウィルは叫んだ。

「私の腕にもたれなさい。あなたの力は既に尽きております。気の済むまで私によりかかりなさい。私は年をとっておりますけれども、大変強いんです。私の馬車までほんの三歩です。そこまで行けばあなたのすべての苦悩は終わります。いいやウィルさん」

彼は付け加えた。

「私は長い間あなたがあたかも私の息子であるかのようになつかしく思って来ました。そして私の長い経歴の中でいろんな人に最後のとどめをもたらして来ましたが、その中で一番私が喜んでやって来たのはあなたのところです。私は人に嫌われます。そして時には人々は私を最初見た時に怒ります。しかし私はあなたのような場合、心温かいよき友達です」

「マージョリーが亡くなってから」

ウィルは答えた。

「私は神に誓ってあなたが私の待ち望んだ唯一の友でありました」

かくて二人は腕を組んで中庭を横切って行った。召使の一人がこの頃眼を覚まして馬の足掻く音を聞いたが、また眠り込んだ。その夜谷間にはおだやかな普段と変わらぬ風が下の平原に向って流れていた。そして夜が明けた時、水車小屋のウィルは遂にその最後の旅を終わっていた。

あとがき

この『水車小屋のウィル』を教わったのは六十数年のむかし、旧制福岡高校一年の時であったように思う。私はこの短編小説にひどく感銘を覚え、それはその後も長く心に残った。卒業後何十年か経って、往時のクラスメートも昔を懐かしむ年配になり、集まって懐旧談をする機会が度々あったが、ついぞ誰一人としてこの短編小説の思い出話をする者はいなかった。それで私も、これは自分が少しおかしいのかもしれない、と思うようになっていた。ところが、今から二十年近く前のことである。当時、私は石炭協会の会長をやっていて、春の賃上げ交渉の大詰めを迎え、協会で数人の社長さん達と徹夜を覚悟で待機していた時であった。

夜食に出前の寿司をつまみ、水割りウィスキーが入って気分もいくらか軽やいでおったこともあって、太平洋炭鉱の藤森社長が松本高校時代の思い出話をはじめられ、高校で教わったこの『水車小屋のウィル』にひどく感激し、後年採炭技術研究の為欧州に派遣された時、卒業後十数年も経っているというのに暇を作ってスコットランドまで足を伸ばし、態々この短編小説の舞台になった山峡の谷間を訪ねたという話をされた。私は吃驚すると共に知己を得た満足感を覚えながら、翌日早速丸善で本を探し求め、四十数年ぶりに辞書を引き引き読み返してみたのである。

いま頃読み返したら、恐らく馬鹿馬鹿しいと幻滅を感ずるのではないかと心配したのであったが、案外そうではなく、矢張り深い感銘を覚え、心和む思いにひたることが出来たのは幸せであった。

その後歳月が流れ、昨年の秋、老妻の病勢がいよいよ進んで、わるくすると年を越すのが或いはむつかしいかもしれないと心配されるようになった頃、この短編小説の終章が『死』と題されていたことへの連想もあったのだろうか、急にも一度この小説を読んでみたいという気になって、再度辞書を引き引き読み返してみたのである。読み了ったのは昨年の十月十五日と記されているが、そのときふっと、こんなに私にとって縁の深かった小説だが孫や曾孫のために訳して置こうか、またこの訳業の終るまでは神様も老妻のいのちを支えて下さるに違いない、という気が起ったのである。

スチヴンスン（表題では現在の表記に依って「スチィーヴンスン」としたが、私達の年代では「スチヴンスン」と記すのが馴染んだものである）、という人は一八五〇年にスコットランドのエヂンバラに生れ、最初はエンジニャーを志したようであるが途中で方向転換して法律を学び、二十五歳の時に英国勅選弁護士の資格を取っているが一度も法廷の仕事をしたことはなく、三十歳の時にアメリカに渡って結婚し、三十九歳の時ハワイを経てサモア島に渡って定住し、四十四歳で同島で病死している。

スチヴンスンの小説で有名なのは、『宝島』や『ジギルとハイド』で数種の翻訳もあるようであるが、この『水車小屋のウィル』のようなその他の短編物については翻訳は見当たらないように思う。今回、翻訳に取り組んで感ずるのはスチヴンスンの文章が彫心鏤骨の素晴らしい名文だということであるが、それだけに大変むつかしい。前に二回読んだ時は、分らないところは大体こんな意味だろう、ですますことが出来たのだけれども、いざ翻訳となるとそうはいかず、随所に分らない所が出て来て閉口した。結局、前後の文意から大体こういうことだろう、と推量訳をつけざるを得なかった。そういう訳で、この訳書は翻訳というよりは、身勝手な意訳の書でしかないが、しかし大筋はそう間違ってはいないだろうと思っている。

一九九二年一月二十二日

有吉新吾

スコットランドの谷間（藤森元太平洋炭鉱社長撮影）

復刊にあたって

有吉新平

父、有吉新吾の翻訳書『水車小屋のウィル』の初版（一九九二年四月）から既に三十一年を経た。

その前年の十二月に母が亡くなっており、母の死の丁度一週間後に、父は満八十才になっている。

父の記した「あとがき」を読み、母の介護と翻訳を並行して行っていくという作業が、母の命のひとときでもながかれとの祈りを込めた、父にとっては、むしろ〝行《ぎょう》〟の如きものであった様にも思われる。

父は、本書以外にも数作の著作を為しているが、我々身内の者には、その作業は、出版後、書籍の現物贈与を以って知らされるのが常であり、『水車小屋のウィル』もまた然りであった。

母の死の翌年の初版時に、父から本書を得て、初めて、父のこの作業と本著への想いを知った。


十代半ばに、学校の教材として出会ったスティーヴンソンのこの作品が、八十才に至って、配偶者の死を遅らせんとする懸命の作業の主題に――それ迄に本人の眼前を通り過ぎた幾千もの書物の中から――何故、選ばれたのであろうか？　不分明である。

本書終章にて、〝死とよばれる医者〟とウィルとの会話の主題「死がすべてを解放する」が、父の意識の深層に深く刻まれていたのかもしれない。

父は母の死、そして本書の初版からほぼ十二年後、二〇〇四年一月に九十二才で逝った。

遺された者にとって、今次の復刊は恰も久しぶりに親と再会するが如く、懐かしいものであり、喜びである。

深い、生き生きとした夢の中で

堀江敏幸

本書は西田書店から平成四年（一九九二）に刊行された、ロバート・ルイス・スティーヴンソンの短篇「水車小屋のウィル」Will O'The Mill（一八七八年）の邦訳新装版である。訳者の有吉新吾氏は、英文学の専門家でも翻訳家でもない。明治四四年（一九一一）、福岡に生まれ、英語教育のレベルの高さで知られる修猷館中学を出て旧制福岡高校に学び、京都帝国大学経済学部を卒業、戦争体験を経たのち、三井鉱山社長として石炭連盟の会長も務めた、戦後の大企業人のひとりである。

有吉氏とスティーヴンソンとの出会いは、右の旧制高校時代にさかのぼる。有吉氏は同校の第七年度（昭和三年至四年）文科甲類に進学した。定員は四十名、第一学年文科の年齢層は上が二十四歳半で下が十五歳十一ヶ月だから、当時十七歳の有吉少年の優秀さが察せられるだろう。英語の担当教員は教授四名、講師一名、「傭外国人教師」一名で、文科一年甲類の組主任は講師の赤井直吉だった。(一)

　赤井直吉は、明治四年（一八七二）、京都に生まれ、同志社大学で英語を学んだ。卒業後は北海道札幌農学校、および新渡戸稲造を校長に迎えた北鳴学校で教鞭をとり、その実力と人柄で生徒たちの信頼を勝ち得ていたという。函館や岡山で教育に当たり、明治三二年（一八九九）に福岡中学修猷館の教諭に着任、いったん京都に移って、三四年にふたたび修猷館で教えている。(二)その後、長崎高等商業学校、第八高等学校などを経て旧制福岡高校に着任、有吉氏の入学当時は五十六歳だったことになる。

　昭和三年（一九二八）入学の文科一年甲類の英語テキストは、*An Attic Philosopher in Paris*（北星堂）、*Stories from Stevenson*（尚文堂）、*Hamerton : Intellectual Life*（研究社）の三種類で、たしかにスティーヴンソンの短篇集が扱われている。「水車小屋のウィル」はおそらくこの読本に収録されていたのだろう。

　この短篇を訳そうとした時点で、既訳はないと有吉氏は認識していたようだが、実際には複数の翻訳が出ている。早いものでは大正十二年（一九二三）、戸川秋骨の訳注で、アルス社の英文叢書から『幻の人』というタイトルで紹介されているほか、武井亮吉訳註『研究社英文訳註叢書　第37マークハイム・水車小屋のウイル』があり、昭和二二年（一九四七）には、下島連訳の『夜の宿：小説』にも収められた（「夜の宿」「水車小屋のウィル」「マーカイム」の三篇、地平社）。親しみやすいものとして、守屋陽一訳の『水車小屋のウイル』（角川文庫、昭和三三年）も出ているのだが、絶版になっていたようだ。有吉訳は平成二三年（二〇一一）に高松雄一・高松禎子訳の岩波文庫『マーカイム・壜の小鬼　他五篇』が刊行されるまで、空白を埋める中継地になっていた。

既訳はないと信じていたこともあり、スティーヴンソンの「彫心鏤骨」の文体と難解さを認識していながら、有吉氏は独力で訳しきった。お手本はむしろ不要だったろう。この翻訳はひとりでこなすべき事業だったからだ。後年、氏はある講演のなかで、仕事に向かう際の心得をつぎのように語っている。

「つまり人間関係に於いても何もしなければ何も起らない、しかし何等かの働きかけをすればその結果が期待通りの反応を産むかどうかは別として、必ず何等かの反応が起る、何もしない、ということが一番駄目なのであって、結果のよしあしは別として何等かのトライをするというエネルギーは必ず何等かの反応を起す、だから、とにかく積極的にトライしてみろ、これが私の心情であり、その努力は必ず死なない、というのが私の心の救いでもあるのであります」（『三井鉱山百年の回顧』、『回想片々』平成二年）

この回想録には、ノモンハンの戦いに身を置いていた折の日誌が収録されている。有吉氏は昭和九年（一九三四）、旧制福岡高校を出て甲種合格、福岡歩兵第二四連隊で幹部候補生として日々を送り、昭和一三年（一九三八）二月に久留米師団で編成された歩第七二連隊（酒井部隊）の第二大隊（小倉部隊）頭号第五中隊、第一小隊長となった。有吉小隊長はそこで補充兵の教育にあたり、同年七月、ハイラルに移駐している。翌年二月、ハイラルの官舎が整備され、営外居住となって家族を呼び寄せることが可能になった五月、ソ連の部隊が国境戦を越え、迎撃に当たった山県支隊と東捜索隊のうち後者を壊滅させた。これが第一次ノモンハン事件である。六月二〇日、部隊は応急派兵を要請、ここからさらに壊滅的な敗北を喫したノモンハン事件がはじまる。しかし有吉氏は、七月一二日に敵の砲弾により負傷し、翌日には本隊に帰還して野戦病院に収容されたため、後期の戦いには参加していない。『回想片々』に収められた記録は、負傷後に後送された奉天の南、海城陸軍病院で療養中に、「手帳や記憶をたよりに口述したものを妻に筆記してもらったもの」だが、直前まで死地のただなかにいて、負傷とはいえ帰還した夫を迎え、その声に耳を傾けて文字に移したのが、妻であったことは心に留めておいてよい。

「水車小屋のウィル」は「平原と星」、「牧師の娘マージョリー」、「死」の三章構成で主人公の生涯を描く。ウィルは通り過ぎる旅人たちを目当てに養父母が始めた宿を手伝い、宿泊客たちから耳にした遠い世界を夢見ながら、ついに下界に下りることはなかった。しかし周囲の者には奇妙に思われていた彼の見解は、「下の町や大学から来た教養人の間ではたびたび称賛の的に」なり、若者達からは「素朴な人生哲学」his rough philosophy の持ち主として話題になったという。

そのウィルを呼びに来る者が、作中にふたりいる。ひとりは牧師の娘マージョリーの召使いだ。ウィルはマージョリーと婚約しながら、不可思議な理屈でそれを破棄していた。彼女が倒れたのは、他の男と結婚した一年後のことである。瀕死の彼女がウィルに会いたがっていると言う召使いに従って、ウィルは不慣れな馬を走らせ、最後の数分、ふたりきりで話すことができた。

もう一人は、七十二歳になったウィルを迎えに来た見知らぬ男である。ある晩、耳を澄ませている彼のもとに「馬の足掻きと馬具の軋み」が聞こえてくる。ひととおり言葉を交わしたあと、何者だかわからなかったその男は言う。

「私は自然の法則なのです。そして人々は私を『死』と呼んでいる」

「なぜあなたは最初からそうだと私に言わなかったのですか？」ウィルは叫んだ。


マージョリーの死は、彼にとって大きな痛手だった。「私はもう死んだも同様の人間なのだ、私はかつて生き、既に死んでしまっている」という感懐は、彼女の死を念頭に置いたものだろう。「死」の迎えの意味を、こうして彼はすぐさま悟る。

じつは右の対話のあと、原文では《'I have been waiting for you these many years. Give me your hand, and welcome.'》（ここ何年もお待ちしていたんです。どうかお手を取らせてください、よくいらしてくださいました）という一文が続いている。この迎えが不意打ちではなく、待ち望まれたものであることを、自分のためにも口にしておきたかったのだ。死神と手をたずさえて旅立つウィルの耳には、「教会の鐘の音がかすかに澄んで聞えて来る」。マージョリーとの縁を結んだ鐘の音は、彼自身を送り出す合図でもあった。

ここで想起されるのは、やはり訳者の、ノモンハンでの体験である。
「私は幸いに比較的早い時期に負傷し今日まで生き残った組であります。当時の関係当事者が殆んど物故されている今日、いまさらとかくの発言をすべきではないのかも知れませんが、ただ、今でも心の奥底に当時の作戦指導を担当とした後方幕僚達に対する不信と憤りの気持ちが埋火のように残っていることは否定出来ないのであります」（「ノモンハン戦記」）

戦時には口に出来なかった批判ではあろう。戦後においてもこうした「人生哲学」を公にするのは勇気が必要だったはずである。有吉氏の言葉は、本書の第三章「死」に描かれた次の一節を思い出させる。

「死んだ人達が彼と一緒にいて、彼の頭の中をつぎつぎに過ってゆく淡い思い出の舞台でそれぞれの役割を演じているだけでなく、深い、生き生きとした夢の中で昔ながらの肉体的感覚を甦らせるのである」

最初の章に、「ウィルがまだ小さい子供の頃、戦争があちこちに起った」と記されているが、その後戦の模様が詳しく語られることはない。しかし訳者の脳裏には戦争の記憶がよみがえっていたことだろう。有吉氏は十代で出会った小説のなかの「死」をノモンハンで直視し、翻訳を通じて体験し直している。ここには、十分に生きて「自然の法則」のもとにやってきた死を迎え入れることのできなかった者たちへの、立ち去ろうとする死神を迎え入れることが叶わず、「自然の法則」に従うことができなかった者たちへの、遅ればせの追悼も重ねられている。

ウィルの「素朴な人生哲学」は、ひとりの人間が生き、そして死ぬことの意味を、深く考えさせてくれる。若い日に出会った英国十九世紀の短篇小説の香気を味わい直すために、自分の手で日本語に移そうと試みた有吉氏の姿勢に感銘を受ける。そればかりではない。「春を待たずに逝った老妻に手向ける」と扉の献辞にあるとおり、本書はその喜びを共有してくれるであろう妻の命を少しでも長くこの世に引き留めるために、いわば渾身の力でなしとげた魂の写経であり、翻訳がそのまま鎮魂歌となった美しい事例として、読者の胸に残り続けるだろう。

（一）福岡高等学校編『福岡高等学校一覧』第七年度（昭和三年四月至四年三月）、福岡高等学校、国立国会図書館デジタルコレクション https://dl.ndl.go.jp/pid/1448896

（二）安部規子『明治編　修猷館の英語教育』、海鳥社、二〇一二年

（ほりえ・としゆき／小説家、早稲田大学文学学術院教授）

訳者略歴
有吉新吾（ありよし・しんご）
1911年（明治44）、福岡県生まれ。
1934年（昭和9）、京都大学経済学部卒業。
三井鉱山（株）に入社。同社社長、会長を歴任。
日本石炭協会会長、日経連特別顧問、健保連会長
などを務める。
2004年（平成16）没。
著書：『金解禁―昭和恐慌と人物群像』『風塵私稿』
『回想片々』（以上、西田書店刊）

〔新装版〕
水車小屋のウィル

1992年4月15日初版第1刷発行
2024年5月15日新装版第1刷発行

著　者　R. L. スティーヴンソン

訳　者　有吉新吾

発行者　柴田光陽

発行所　株式会社西田書店
東京都千代田区神田神保町2－10－31　IWビル4F
Tel 03－3261－4509　Fax 03－3262－4643　（〒101－0051）
https://nishida-shoten.co.jp
装　画　安斉重夫
装　丁　石間　淳
組　版　株式会社エス・アイ・ピー
印　刷　株式会社ブックグラフィカ

ISBN978-4-88866-691-6 C0097